句歌集

四季・絆

Tanaka Yukiaki
田中佑季明

ふらんす堂

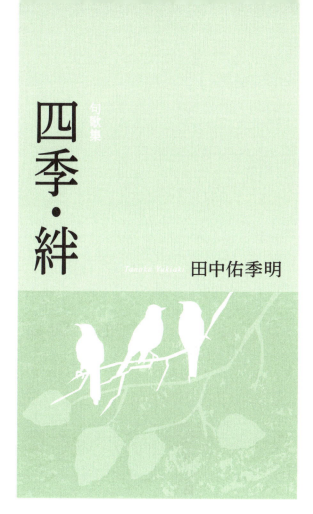

目次

句集　四季

歌集　絆

句歌集

四季・絆

句集　四季

新年

元旦や心機一転夢駆くる

初《はつ》茜《あかね》大和の空の染まりけり

あらたまの慶び満ちる夜明け前

海原に神々しくも初日浮く

香りたつ益子茶碗の大福茶

初風や阿武隈の山通り過ぎ

儚さは時の流れよ去年今年

新玉の決意新たに臨む朝

神宮の杜の夜明けや初詣

一年に一度の筆や年賀状

わが夢を描かんとする初御空

元旦の祈願的撃つ破魔矢かな

初日の出願いもろとも昇りけり

初富士やダイヤヘッドの日となれり

晴天の蒼雲流る元日かな

昇り龍天高く舞う元旦かな

姫始め口には出せない恥かしさ

姫始めほどほどによき夢心地

君恋し独り善がりの姫始め

初湯殿湯煙匂う山の宿

行燈《あんどん》の揺れる灯りに姫始め

初夢や思い出せない幻かな

獅子舞に家族の笑顔溢れけり

箸止めて亡き姉偲ぶ三が日

初氷柱軒に燦《さん》々《さん》光りけり

天に舞う梯子の上の出初式

花道を飾る歌舞伎や初芝居

七草や母の手料理味浸みる

初魚や大旗はためく小名浜港

凧あげて天に昇らん童かな

初春や輝く明日の夢を追う

新年を家族で誓う幸一念

初春は数多の夢と旅発てり

初日記三日坊主の夢となる

着衣《きそ》始め目を細めけり孫晴れ着

華となる仕事始の晴れ着かな

鏡開き囲みし膳の雑煮かな

野焼きする炎舞いけり若草山

春

残雪やいぶし銀かと陽に光る
幽玄の世界現る花曇り
咲きこぼるる愛しき人や篝《かがり》火《び》華《ばな》

春浅し待ち焦がるるや野辺の花

わらび餅そよ風そろり香り咲く

空を飛ぶ熱き心か豆の花

春一番娘恥じらう風となる
咲き誇る白一色の梨の花
人の世に立ち込むる暗雲朧《おぼろ》月《づき》

花曇り明るさまとう桜花

一面に山吹乱るる古《こ》社《しゃ》の庭

母の微《え》笑《み》浮かんで消える海苔弁当

幻想の陽炎燃ゆる大都会

花見する酒に煽《あお》らるる一座かな

水温む井戸水汲んで朝支度

春の海煌めく光恋遊び

鶯や姿見せずに鳴く美声

新茶摘む絣の着物富士の山

春眠や出るに出られぬ寝床かな

潔く生きざま見せて落椿

天高く舞い飛ぶ蒼空雲雀かな

鶯や人の気配に鳴き止んで
低空を駆け抜ける燕コンコルド
桜鯛婚姻の色皿に盛る

川上る水銀の群れ鮎若し

江の島の栄螺頬張る潮の香《こう》

蛤や大粒の味笑み零《こぼ》る

桜貝二枚の花弁拾いけり

寄居虫《やどかり》の海辺彷徨う塒《ねぐら》探し

老梅に時代映して足止める

楚々と咲く櫻花びら雨に濡れ
庭に咲くつつじの紫雨打たれ
雪積もる寺の道なり雪柳

山吹の野辺を彩どる散歩道
梨の花白い花びら姉偲ぶ
猫柳川辺の風に絮《わた》となる

若草や燃える息吹が匂い立つ
春惜しむ人生重ね時流れ

夏

浴衣着て夜風誘う旅の宿

万《ばん》緑《りょく》の風に吹かれて大地笑う

夏は来ぬ白樺林の軽井沢

母の日や百寿超えたる母祝う

母の日や幾年重ね歴史刻む

水を打ち暖簾の客を待ちにけり

華ひらく花嫁ドレス花氷

父の日や追憶偲び走馬灯

父の日や思い出数多ありし日の

風薫る季節の恵散歩道《プロムナード》

梯子より七色の虹手に取らん

梅雨しぐれ愛を確かむる相合傘

夏みかん食めば思わず顔歪む

波蹴って白帆が走る夏の海

庭先の風鈴音色涼を呼ぶ

夏祭り笛鉦太鼓彼方から
姉の霊舞うかや庭の黒揚羽
蜜を吸う優雅に舞うは夏の蝶

根無草地に附かぬ日々多かりし

尾瀬沼にひっそり咲きし水芭蕉

夜空焦がし花火咲きける窓辺かな

源氏蛍闇夜の灯り幻か

金魚屋の舗装に零《こぼ》す水の跡

夏祭り法被姿は粋な群れ

水中花泡沫の華吾に似る

夜店の灯裸電球ぶうらぶら

歓喜飛ぶ虹色模様水遊び

砂地穴命の境蟻地獄

夕陽浴び外苑の風夏木立

土用鰻浜名湖畔の老舗店

香り嗅ぐ店先羨やむ土用鰻

原爆忌死の黒い雨涙涸れ

雑草の息吹が匂う草いきれ

桐の帯巻いて余るは恋の華
白牡丹あでやかに咲く寺構え
熱き心薔薇の激しき生きざまかな

北国の鈴蘭の香り君に捧ぐ

晩夏更け月夜の灯り庭に射す

砂肌の焼け焦がれたる晩夏かな

秋

秋の風万葉の歌運びけり

葡萄園そっとのぞきしエーゲ海

初《はつ》秋《あき》や空の蒼さに雲ながむ

夜空濃く流星飛んで白馬岳

灯し火付け秋の夜長に文藝書

秋晴れの校舎の暮れて影法師

川辺には灯籠流し明かり消ゆる

名月や湯の岳照らすうつくしま

「うつくしまふくしま」とは、福島県のキャッチフレーズ

銀河系広がる夜空に天の川

鈴虫の鳴き声重ね月明かり

秋刀魚焼く煙は流る目黒川

蜩《ひぐらし》や物悲しくも吾に似る

盆栽は枝ぶり見事初紅葉

うれしさや子に囲まれて敬老日

赤林檎林武の赤富士なり

秋風や我が病吹き立ち去りぬ

謳歌する花鳥風月秋の声

遠く墓地都から望む秋彼岸

墓石前何をつぶやく秋彼岸

色鳥の華を咲かせる雑木林

銀鱗を光らす大河鮭のぼる

蜩《ひぐらし》のものの悲しさは人生かな

山里に流るる大群赤蜻蛉

姫路城際立つ美観松手入れ

書紐解き過ぎ行く季節火の恋し

夜なべする母の姿に涙して

秋深し五日市線鉄路光り

これ案山子風雨に負けず人姿

風流れ川のほとりの芋煮会

暮れなずむ曼《まん》殊《じゅ》沙《しゃ》華《げ》咲き夕陽落ち

名月や月の明りに頬染めけり

草原に暗雲流れ名月浮く

筆を執り綴る恋文十三夜

晩酌に盃映る十三夜

女郎花《おみなえし》咲きこぼれるは花の海

二本松菊人形の艶《あで》やかに

銀杏の落ちつぶれしは悪臭よ
古箪笥断捨離決めて冬支度
行く秋や別れた人に想い重ね

ゆず添えて香りの華が宴満たし

冬

冬ざれに佇む荒野殺伐と

雪女郎薄化粧する旅籠かな

木漏れ日を受けし小春の興福寺

ゆず昆布添えて白菜香りけり

凩《こがらし》やコート襟立て風を切る

時雨るるや女ごころに戸惑いぬ

災いの多き日々なり春待つ日

寒椿花びら重ねめじろ呼ぶ

冬空や越後平野は鉛色

冬の月なきべそ色の御岳山
オリオン座煌めく星座輝きて
北風や襟立て帰る夜道かな

冬枯れて落ち葉舞い散る並木道
白鳥や華麗なダンス湖上舞い
冬木立オブジェの如くトンビ舞う

着ぶくれの寒さ身に染《し》む鏡前

初雪や船旗たなびく港町

初雪やそろりと猫の足庭に

初雪は天の恵みか白い華

極月の喧騒僅か街暮るる

顔見世や人気役者よ南座に

歳神を呼んで門松飾りけり

年越蕎麦妻をねぎらう年となる

年の瀬や慌ただしくも時が過ぎ

哀惜の涙は深し年は逝く
村人に届く山寺除夜の鐘
掘炬燵出るに出られぬ暖かさ

雪下ろし命の危険朝日浴び

木立から日差しもるるや冬座敷

祝宴を囲むは囲炉裏隣組

湯たんぽや人肌恋し夜の床

震災で暖とる民の焚火かな

寒がりや懐炉頼りの冬となる

降る雪に小踊り歓喜雪合戦

目鼻付け魂入れる雪だるま

樹氷立つスキー滑らせ銀世界

雪国へスキー列車の思い乗せ

湯気立ちし牡蠣鍋前の瀬戸の海

冬の空越後三山薄化粧

三寒と四温の狭間迷いいる

殺伐のあゝ恐山《おそれざん》枯れゆけり

海中に正拳突いて寒稽古

歌集

絆

三社祭

五月晴れ三社祭に集う群れソヤソヤ神輿舞踊るかな

さらし巻く法被姿の若衆よ揺れて輝く金ネックレス

子の神輿親たち囲む豆戦士カメラ片手に我が子を収め

子供山車浴衣ぞろりと綱引く手もみじ手の中グローブ手見る

浅草寺男の舞台晴れて立つねじり鉢巻き観音様よ

女神輿黄色い声でソヤソヤソヤと仲見世通り花咲く祭り

見てくれよ背中《せな》に入れ墨昇り龍かわゆいあの子微笑み返し

神輿乗り肌も露わに乳房揺れ夏の太陽きらめく祭り

白褌《しろふんどし》日本の男祭顔そこのけ通せ仲見世通り

勇壮な百基神輿の大通り揺れる人並み鳴門の渦よ

我先に神輿の頭取りに行く喧嘩騒動群がる野人

法被から覗いて見える昇り龍汗に塗《まみ》れて眼光鋭く

ひょっとこの仮面頭に斜めのせ粋な兄さん千鳥足かな

手を合わせ観音様に人はみな何を頼むか祈りのかたち

料亭の暖簾潜りて日本髪粋な姐さん三味線抱え

浴衣着の若い娘に視線行くヨーヨー下げて下駄からりんこ

提灯に夜の静寂へ灯り付く遠く聞こえる笛鉦太鼓

酒に酔い世間の憂さを晴らすのか暴言吐いてむなしさ募る

夏祭り祭囃子が聞こえるよ夜空に流れ哀愁深し

いざ行かん町内会へ足早に女鉢巻きキリリと締めて

日がな日を祭りに疲れ座り込む空き缶ごろり歩道に眠る

入れ墨の蠢《うごめ》く神輿反社かな桜田門の影及ばずに

皆の衆これが日本の祭りだよ老いも若きも皆日本晴れ

母を詠む

たらちねの母の姿に涙して百七歳の命与えん

いにしえの母麗しく現れる幻影かなと母の手握る

限りある人生なれど我が道を作家魂息吹咲かせて

たらちねの母の人生波乱満ち細腕なれど魂揺るがず

ひとり旅悲哀人生涙して波乱満つるも生き甲斐溢れ

文学碑この世の証凜として風雨に打たれ凜と輝く

信濃川女人の帯を解くと言う母の感性いぶし銀かな

振り返る母の人生何ぞやと子供の為に命の炎

子供らも母の背中を見て育つ小柄な母が偉大に映る

くちなしの甘美な香り匂いたつ優しく包む母の温もり

筆を執り桝目を埋める眼差しに作家魂漲《みなぎ》る力

寝たきりの母の姿につい ホロリ介護の力吾振り絞り

認知症百七歳を生きるぞよ命の限り闘いの日々

不都合の質問かわし煙にまくノーコメントと冷静な面

忘却は記憶の外に母ありて何処彷徨う幽玄世界

たらちねの母の歴史を紐解けば百七年の命の重み

夕餉立つ割烹着姿煮物煮る湯気の向こうに家族の笑顔

正月や大島紬袖通し初詣行く参拝の道

徹夜して原稿睨みタイプ打つ家計の補助と細腕に掛け

子供達あなたが居れば幸多く貧乏なれど楽しや家族

『信濃川』盗作に揺れ憤る記者会見で鬱憤晴らし

松竹映画「しなの川」

深夜二時また起こされて排泄を寝惚眼《ねぼけまなこ》でおむつ交換

いつからか老々介護はじまりぬ見よう見まねのよちよち歩き

認知症避けて通れぬ戦いは一喜一憂泣き笑いかな

口開けてスプーンの先食事乗せごっくん飲んで命繋いで

時計読め耳も聞こえる百七よお経唱えされど認知かな

この世界明日の命も分からずに今を生き抜く至福の時よ

有難や親子の絆永遠に我が人生に後悔はなく

永遠に生き文学の灯《あかり》絶やさずに船岡山に我が石碑あり

小千谷市船岡公園・生誕の碑

道遊の割戸背景金山に石碑燦然海鳴りに建つ

佐渡金山顕彰碑・田中志津文学碑

子を育て子を守る日々悔いはなく羽ばたけ子らよ命の叫び

生誕の小千谷に建つ碑輝やかし遠く越後の山並眺め

小千谷市船岡公園・田中志津生誕の碑

磐城の地親子寄り添う文学碑仲睦まじく木漏れ日差して

いわき市大國魂神社・母子文学碑三基

佐渡の金山《やま》祈願六回登録なり世界遺産は誇れる歴史
二〇二四年七月二十七日世界文化遺産登録

たらちねの母恋うる詩《うた》唄えども昔日の影暗雲流る

人生よ波乱万丈されど今栄光の灯《ひ》を歴史に刻む

父を詠む

大正の初期に生れて激動の昭和平成時代の鏡

長男で昭和遺物を引きずって家族制度のしがらみ生きて

学力は優秀なりと羨望の友に慕われ寄り添う仲間

長男は封建制度の産物か不条理世界闘い止まず

学生時酒も煙草も嗜まず勤勉一筋真面目生活

学業は特待生の金字塔明治中央二校で学ぶ

若き日の青春謳歌アルバムにテニスに登山雄姿輝く

雅叙園で官吏の娘妻迎えタキシード身に凛々しくもあり

戸惑いの結婚生活夜逃げされ妻の実家に母を連れて

若くして工場長に腕振るう赤字会社を黒字転換

歌舞伎座へ芸者達《ら》連れて観劇す粋な出で立ち花道踊る

芳町の芸者遊びに通い詰め酒煙草知り道楽覚え

自己過信独立事業立ち上げて杜撰経営家族翻弄

江の島に家族で遊ぶ夏休み白波寄せて蟹と戯る

後楽園白球飛んでナイターを親子観戦喚声熱く

事業とは軌道に乗らず酒に走る落ち目の連鎖苦渋の日々よ

経営のコンサルタント企画して自宅事務所の開設祝う

応接間煙草くゆらせ商談を和服姿で契約結ぶ

恐怖連れ夜がまた来る花吹雪怒号と悲鳴家庭崩壊

嵐吹く酒に乱れて二十年家族巻き込み怒濤の夜更け

浪人は許さず叱り娘連れ大学試験明治合格

家庭では怒号飛び交う日常を隣家羨む平和な灯かな

荒れ狂う日常の日よ嘆かわし最高学府終えた人ぞよ

ＮＨＫ妻の原作放送日ラジオ囲んで聴き入る家族

ラジオ前テキスト広げ英会話向学心は衰え知らず

晩年は衰え激し日常を役所講座へ通い続けて

何故かしら疑問が残る人生よ最後の錦遥か彼方に

ほころびの人生模様色濃くて家族団欒遠く侘しく

町医者は心不全告げ永眠す休憩室の白衣の煙

父の死後、休憩室で何事も無いように平然と
煙草をくゆらす若い看護婦の姿が印象に残る

兄を詠む

子供用赤い自転車乗り廻す得意満面弟見下《みくだ》し

幼き日キャッチボールの兄の球《たま》サウスポーからカーブ鋭く

蕎麦屋からプロレス観戦熱く燃ゆ力道山強く歓声高し

棒ふるうコンダクターの兄凜々し生徒の前に小さな巨人

夏休みこどもら集め幻灯会兄の面《おも》から汗流るるを

戦闘機鉛筆走らせ空を飛ぶ画用紙に咲く戦火の翼

池袋弟連れて映画館洋館めぐり三館はしご

丸坊主明大中野通学す大志抱いて羽ばたく翼

同じゼミ親子揃って明治大名門ここに春日井薫

元明治大学総長

勤め先華の商社か外国部海外飛び交い貿易黒字

兄囲む出発ロビー羽田から見送りびとは期待つのらせ

ハワイからヨーロッパまで飛び廻る世界相手に経済動く

あか抜けて洋行帰りハット被り海外土産サファイヤ光り

早打ちで英文タイプ叩く指指の先には契約結び

テーブルに英字新聞拾い読み世界情勢分析の日々

働き蜂世界商人解き放れ母国へ帰国母の温もり

ロレックスバーバリー身におしゃれして戦闘開始いざ行かんぞよ

祝い酒皇居眺めてブライダル新妻の面希望に満つる

愛の証子ども授かり責任を胸に刻んで漲る力

人生は波乱万丈闇世界家族に守られ絆深めて

癌発見八十過ぎて身に浸みる二人にひとりと言うけれども

ガン告知手術の日には覚悟決めロボットの手でいざオペ室へ

ちはやふる神のご加護に寄り添って命救われ明日を生きる

姉を詠む

幼少期稀な才能発揮して社会へ挑む幼き戦士

幾たびと挫折の連鎖辛苦舐め決断迫る迷い人生

青春の蹉跌あれども挫けずに自己確立を求めて止まぬ

母に似て真摯に向かう何事も信じる道を自ずと進む

この道でああ良きかなと立ち止まり考えながら歩きはじめる

詩人佐知母の助言が影落とす生きる指標の原点を見る

俳優座自作詩朗読舞台立つ永年の夢ここに実りて

朗読はライフワークか我が命母の小説ラジオで二年

恋愛は成就はせずにされど生き詩の誕生は死の葬列か

感性と情念燃えて創作に命の息吹高く舞い上げ

感動の第一詩集前にして『さまよえる愛』書店の棚に

『砂の記憶』幾年掛けて書き続け刊行見ずに無念さ残る

四季めぐる小樽運河に魅せられてＪＡＦの仕事に随筆仕上げ

空を飛ぶ竹富島のエメラルド南の国のハイビスカス濃く

晩年に私を生んでありがとう母に告白病の床で

娘から癌の苦渋に耐えられず死んで楽にと哀願される

親よりも先に逝くなよお姉さん哀しみの淵彷徨いながら

あなたとの思い出重ね満たされし空しさ募《つの》る望郷の地

駆け巡る昔日の想い幻か立ち現われて寂しく消ゆる

憧れの南国ハワイブルースカイサンセットクルーズ潮風吹かれ

早朝にホテルの歩道僧侶立ったいまつ赤く姉の視界に
フィリピンのホテルの窓辺から

パリの午後シャンゼリゼ街粋《がい》なカフェセリーヌ揺れて心地好き風

初秋の日憧れのパリ「親子展」遠く異国で日本を語る

イタリアの古代遺跡を訪ねては遥かな歴史姉と振り返る

晩秋のスイスレマン湖かもめ飛ぶ幼児が姉に海鳥《うみどり》指さす

韓国の新婚夫妻チマチョゴリ異国の民に姉の笑み贈る

台北から花蓮辿り着く家族旅老婆の顔に誇れるタトゥー

香港の海鮮食事舌鼓本場の料理満面の笑み

シンガポール銀輪走り風を切る髪をなびかせ泥棒の町へ

タイランド微笑みの国姉に似て涅《ね》槃《はん》仏《ぶつ》像《ぞう》優雅な姿

姉佐知の詩の組曲を合唱す心揺さぶる演奏会なり

韓国の書店の棚に並ぶ姉異国の地にてたれが手に取る

二冊韓国版の詩集・随筆出版　『砂の記憶』『見つめることは愛』

薄目開け家族の姿確認す唇動かず言葉が消える

二〇〇四年二月四日永眠

没しても原稿生かし出版す十八冊と快挙の華よ

死去後でも生きる魂幻か心に宿る姉の面影

あとがき

この度、『四季・絆』をふらんす堂より上梓した。拙い作品ではあるが、我が人生の断片を切り取った句歌集となった。

俳句では、折々の四季・季節の移ろいの機微を詠む。

短歌では、かつて浅草に姉と出掛けた三社祭を詠む。また、母・田中志津（現在百七歳）及び亡き父・田中一朗（六十四歳没）亡き姉・田中佐知（五十九歳没）の追憶の想いを歌に詠んだ。現在、八十一歳の兄・田中昭生の短歌も詠んでみた。

これらの短歌が、記念碑的な作品となって昇華されたならば、本望である。だが、まだまだ到達点には至らず程遠い。過渡期であり更なる努力精進が求められていることは、自覚している。

私は今年喜寿を迎え、人生の時の流れの速さ、儚さに驚嘆している。我が人生の航跡を残したいと言う思いから、特に退職後、小説・詩集・随筆・シナリオ・短歌・俳句・絵画・コラージュ作品・写真などに果敢に挑戦してきた。決して満足のゆくものではないが、実績を積み上げてきた自負がある。これからも、スピードは遅くなるであろうが、心に宿る魂を熱く燃焼させて行きたい。

刊行に当たっては、俳句では、東京経済大学「葵俳壇」の渡辺正剛氏のご支援ご協力を仰いだ。また、ふらんす堂にご協力を頂いた。紙上をお借りして関係者に深く感謝申し上げる。

二〇二四年八月一五日

いわき市湘南台の自宅にて　田中佑季明

プロフィール

田中佑季明（たなか・ゆきあき）　本名　行明

一九四七年十一月二十七日　東京生まれ。作家・詩人・随筆家・写真家

東京経済大学経済学部経済学科卒業　明治大学教職課程修了

記者・教員を経て三菱マテリアル㈱三十年勤務。

日本文藝家協会・日本ペンクラブ・日本現代詩人会・日本詩人クラブ会員、日本出版美術家連盟賛助会員、東京経済大学「葵俳壇」会員、福島県現代詩人会会員、いわきアート集団会員。

●主な著書……田中行明写真集『MIRAGE』『三社祭&Mの肖像』。『ある家族の航跡』『邂逅の回廊』『田中佐知・花物語』。小説『ネバーギブアップ・青春の扉は・かく開かれる』。詩集『華化粧』『瑠璃色の世界へ』新・日本現代詩文庫一六九『田中佑季明詩集』。共著『歩きだす言の葉たち』『愛と鼓動』『親子つれづれの旅』。詩歌集『うたものがたり』。詩集『風紋』。詩と散文『寒暖流』『風に吹かれて』『団塊の言魂』。詩集『聖・性典』。随筆集『生きる』『愛の讃歌（共著）』。

●主な催事……

東　京：三菱フォトギャラリー（写真展）・三越（写真展）・デザインフェスタギャラリー原宿（個展）・新宿歴史博物館（田中佐知追悼展）・新宿明治安田生命ホール（舞台監督）オノマトペ（個展・朗読会・コレクション展）・銀座グループ展・銀座奥野ビル・アー

トスペース銀座ワン（個展）他・東京都美術館（美術の祭典・東京展）・なかの芸能
小劇場（朗読劇・家族の著書販売金5万円全額復興支援。新聞社寄贈）・今井館（二〇二四年
十二月自作詩朗読予定）

大阪：ギャレ・カサレス（写真展）

所沢：所沢図書館（家族展）・新所沢コミュニティセンター（朗読会）

いわき：NHK文化センター（写真展）・草野心平記念文学館（朗読会・音楽会）・平サロン（個
展・朗読会）・創芸工房（写真展）・いわき市勿来関文学歴史館（個展・コレクション展）・
ラトブ（朗読会）・ギャラリーアイ（個展）・シック・ギャラリー（個展）・大東銀行（復
興支援・本展示販売・寄付金）・いわき市暮らしの伝承郷（親子三人展）・市文化センター・
いわき市椿山荘（講演）他

パリ：エスパス・ジャポン（親子三人展。講演田中志津・朗読佐知・油絵・写真佑季明）

中国：山東省山東大学「多文化研究と学際教育」（国際会議講演）

●自作品掲載メディア……NHK・ニッポン放送・FLASH・FMいわき。随筆六か月
月刊誌「りぃ～ど」に連載。東北労働金庫小名浜支店「はまかぜ」に随筆執筆
朝日・讀賣・毎日・産経・新潟日報・福島民報・福島民友・いわき民報・日本カメラ・
東京中日スポーツ・アサヒ芸能・朝日サリー他

●歌碑……福島県いわき市大國魂神社（親子三基。志津・佐知・佑季明）

現住所　〒九七一―八一五二　福島県いわき市湘南台一―四―一五
Mail　yukiaki@pony.ocn.ne.jp

句歌集　四季・絆　しき・きずな

二〇二四年一一月二七日　初版発行

著　者――田中佑季明
発行人――山岡喜美子
発行所――ふらんす堂
〒182-0002 東京都調布市仙川町一―一五―三八―二F
電　話――〇三（三三二六）九〇六一　FAX〇三（三三二六）六九一九
ホームページ　https://furansudo.com/　E-mail　info@furansudo.com
振　替――〇〇一七〇―一―一八四一七三
装　幀――君嶋真理子
印刷所――三修紙工㈱
製本所――三修紙工㈱

定　価――本体二〇〇〇円＋税

ISBN978-4-7814-1703-5　C0092　¥2000E